바람분교

달아실어게인 시인선

02

바람분교

한승태 시집

달
아
실

이 시집의 맞춤법은 달아실출판사 및 국립국어원의 기준에 따랐으나 보조용언 및 합성명사의 띄어쓰기 등 일부는 저자의 의도에 따른 것입니다.

다시 하는 말

처음은 서툴고 부끄럽다.
덜어내고 보태기야 했지만 감춘다고 사라질 것은 아니다.
그게 나고 그게 내 역량일 게다.
실패는 두렵지 않다.
여기서 다시 출발한다.

2023년 봄
한승태

내 배꼽을 오래 들여다보았다.
이 소박한 냄새의 집을 빚진 이들에게 내려놓는다,
나무와 바람 그리고 어둠과 별 또 숲과 길과 새들,
내 배꼽으로부터 이어진 푸른 것들.
때로 떨어지는 것과 때로 올라가는 것들

2017년 가을

| 차례 |

2부. 소녀는 마침내 별빛 한 장을 넘긴다

3부. 당신이나 나는 혁명가를 꿈꾼다

4부. 그늘에 누워 뼈를 말리는 망자들

1부

너는 내 속에 들어와 심장을 물어뜯었다

연인

나 너의 입속 깊숙이 새를 풀어주었으나
너는 신음 소리만 내었을 뿐 날아가지 않았다

나 너의 입속 깊숙이 뱀을 놓아주었으나
너는 신음 소리만 내었을 뿐 도망가지 않았다

저승에서 나온 날들이 지나갔다
하늘에서 떨어진 날들이 지나갔다

너는 내 어깨에 내려앉아 날개를 달아주었다
그렇게 너는 내 속에 들어와 심장을 물어뜯었다

백일장

백일장 심사를 하는데
날아올랐다 내려앉는 갈매기들

아이가 바다 같은 눈을 들어
떨어졌어요, 떨어졌어요 하는데

아직 아니야,
그만 가보라고 흰 손짓을 한다

아이가 손 들어 가리키는 책상 아래
갈매기 하나 푸드덕거린다

이제 막 날아오르는 것들
바람이 밀어 올리는 것들

연인 2

그것은 거대한 감옥 또는 사원일 터이다

넝쿨나무 두 그루가
좌우에서 자라 올라가며 서로를 비끄러매듯
남자와 여자는 입맞춤을 하고 있다
흡사 그들은 두 나무의 뿌리 같다
그들 뒤로 벽돌이 촘촘히 쌓여진 건물은
한쪽 면만을 보여준다 그저 벽이다
그들이 앉은 돌 벤치는 차고 길다
마치 들어가 눕기에 좁지 않은 관처럼
남자의 서류 가방은 그들과 조금 떨어져 있고
한쪽이 위태로워 보인다 그 뒤로
격자무늬 쇠살문은 벽을 굳게 잠그고
뿜어져 나온 어둠은 정방형의 총안銃眼을
좌에서 우로 위에서 아래로
입 벌린 사랑처럼 줄줄이 뚫어놓았다

남자와 여자는 한때 너무 무성하여

벽을 다 덮고도 남았을 것이다

수수꽃다리의 밤

눈감은 오월의 밤이다 그저
무심히 라일락 피는 밤이다 달처럼
꽉 찬 분노가 물밀어 오는 밤이다
봉의산 자락에도 구봉산 자락에도

연애가 만발하는 순간
벌거숭이 마음들 들고 일어나
끊어질 듯 끊어질 듯 원무圓舞를 추는 밤이다

정향나무가 개화하는 밤이다
개회나무가 부르는 노래의 밤이다
새의 발을 닮은
향기가 존재를 증명하는
새발사향나무들의 밤이다
리라꽃 향기에 묻혀
달은 지그시 눈감고
신음이 입술을 토하는 밤이다

밤이 꽃이 되는 수수꽃다리의 밤이다

가물

일렁이는 물결에 여보, 라고 기대본 적이 있다
당신 물살과 눕고 싶었으나 연줄마냥 팽팽했다

당신의 등에 가닿으면 썰물은 저만치 달아났다
당신에게 등 돌려 누우면 밀물은 눈동자에 차기 시작
했다

빗방울 흐르고 눈물방울 흘러 땀방울에 가뭇없고
쌓여가는 부채는 뱃살로 늘어가고 말들은 말라갔다

당신과 나 사이에는 물이랑 높은 파고가 몰아쳤다
궁싯거려도 달의 창백蒼白에 조금씩 허물어지기도 했다

손을 잡은 기억이 시계 속 모래처럼 빠져나갔다
검버섯은 눈가에서 자라나 온몸으로 가물거렸다

입었던 옷들을 버리지도 못하고 입지도 못하는 사이
먼 곳에서 오는 별빛은 눈 밑에 차곡차곡 쌓여서

잠자리에 같이 포개져도 가닿는 해안의 체위는 달랐다

빠져나간 온기의 말들이며 말하지 않아도 그 깊던 가

물이며

내가 가질 수 있었던 너의 다정을 물밀듯 다 흘려보내고

썰물 빠지는 저물녘 내가 지나온 길에 등을 대어본다

짝사랑

하지 말라고 하지 말라고

풀벌레가 사랑한다고 내가 넘어가나 봐라
황금빛 나뭇잎이 노래한다고 내가 넘어가나 봐라
거부하면서 너는 탄생한다

라만차의 기사 돈키호테!
농부의 딸을 사랑하기로 작정하였듯
나 그대 지키는 기사가 되기로 한다
기사도를 위해 그대는 공주가 되어야 하리
농부의 딸이든 귀부인이든 아름다운 소녀가 아니어도
상상력만 발휘한다면 가능하리
그렇다고 그대가 날 사랑할 필요는 없으리
세간살이가 필요한 세상의 산초 판사들아
목사, 이발사, 처녀들아
비웃고 비웃어라 나의 사랑을
저잣거리나 책 속이나 들녘의 노동에는 없는 것
인과를 벗어나 편력의 길을 떠나는 맹인 무사

새롭고 이상한 힘으로 그대에게 헌신하거니
해피엔딩을 거부하는 길이 나의 소임일 뿐
그대의 사랑스러움과는 아무 상관이 없네
알아도 모른 척해야 하리
내 고독한 임무가 영원하기 위해
차라리 그대는 내 얼굴을 몰라야 하리

거부하면서 너는 탄생한다

방백

맨숭맨숭허니 바람이 분다
낮술에 취한 듯 나비는 이리 기웃 저리 기웃대는데
비탈 갈던 황소도 괜히 먼 산에 울음을 놓고
왜 아니겠는가 봄이다 그냥 봄인 것이다
뭔 놈의 일은 끝도 없고 하루해는 이다지도 길더란 말
인가
다 때려치우면 그뿐인데 어디 여자가 쪼매만 너뿐이던가
맨날 속 모를 소리만 하고
참새들은 삼삼오오 지들끼리 신나는데
저놈의 인정머리 없는 장인님은 눈만 부라리고
난 모르겠다 알다가도 모르겠다
너란 여자는 언제 키가 큰다는 건지
키가 커야 마음을 안다는 건지
어제는 코맹맹이 바람을 놓고선
오늘은 허리 꺾인 장다리마냥 풀이 죽어서
골짜기마다 찔레향이 내려오고
밭머리 돌무덤엔 조팝꽃도 하얗게 일어서는데
모르겠다 왜 봄인지 왜 너인지

장인에게 얻어터진 대가리는 하나도 아프지 않다
그런데 자꾸만 눈물이 나는 건 무슨 조환지
맨숭맨숭허니 바람이 분다
낮술에 취한 듯 이리 기웃 저리 기웃대는데
먼 산에 울음이나 놓는 나의 배역은 오늘 좀 고되다
왜 아니겠는가 봄인데

열차에서

군용열차 뒤로 풍경이 달린다
기차 속의 나는 풍경처럼 너를
생각한다 너무 쉽게 해버린 말을
강촌 출렁다리 아래 물결을 푸른 군복을
심지어는 손톱이 자라고 때가 낀 것까지도
의문이 간다 왜인가?
너와 이야길 하며 왠지 불안하고
꼭 짚고 넘어가야 할 이야길 피하며
하릴없이 웃음만 흘리고
네 얼굴을 피해 땅거밀 잡고
돌멩이가 새삼스럽다는 듯 만져보고
무엇일까? 네 얼굴을 보면

다가갈수록 뒤로만 뒤로만 달리는 풍경

무량한 햇살만 천지에 가득하고
너의 더운 가슴속을
열차가 거미줄처럼 달리고

변명하듯 너의 얼굴을 훔쳐보며
또 다시 바보 같은 웃음만 흘리고
목울대를 삼켜내던 말들의 새김질이
기적소릴 들으며 뚝 뚝 끊어지고
나는
나를 의심한다

밤을 기다리며

이렇게 낙담하는 마음이 많으니
한때 사랑도 참 많았나 보다

이름을 청평淸平이라 하고 돌탑을 쌓은들
호랑이와 이리가 주인 자리를 내놓을 수야 있나
두려움이 얼마나 사무쳤으면 끝내
사랑한다고 폭포는 떨어지는데
공주는 아직 저문 능선에 귀 기울이고
그대가 보낸 마지막 편지를
난 아직 이해할 수가 없다

어쩌자고
이 골골로 사랑을 알았단 말인가
이끼 핀 공주탑은
환희령歡 작은 언덕 위에 서 있다
탑신의 모서리마다 새겨진 한때
옥개석 위로 기어 올라간 영혼은
몇 겹의 석양으로 붉어지고

내 안의 천탑千塔은 어찌 허물 것인가

산사 길목
높은 곳에 이르러
바람만 공양하고 돌아나간다
저 홀로

애밀愛密

군부대가 많은 산골에서 태어났다 소년은
또래와 전쟁놀이하며 많은 무기를 꿈꾸었다
돌격 앞으로 목소리가 변할 무렵
외인부대가 장악한 도시로 전학하였다

앵두가 담 너머로 붉은 말을 건네올 때
햇살이 좋아 담장 위에 앉은 소년은
수시로 변하는 구름을 쏘고 또 쏘았다
눈부셨다 오월의 여왕은 총소리는

너는 세례명을 가진 옆집 소녀였다
너의 남동생은 루까였던가 너는
라일락 향기와 함께 흩어져갔고
끝내 생각나지 않는 나의 오월은
태양 아래서도 달의 얼굴을 그렸던가

한 잎 한 잎 아까시나무 이파리
좋아한다 좋아하지 않는다에

소년은 두 눈을 찌르고 싶었다

이었다가 이었을까? 사이

노을은 불타오르고

구름이 총성과 함께 산을 넘어갔다

달맞이꽃

북두성도 너무 더워
밤늦은 개울가에 몸 씻으러 내려올 때
나 들꽃 만발한 개울가로 내려갔지
더위보다 비탈진 내 청춘의 울혈 멈추지 않아
상여막 아래서 웃통을 벗어젖히고
짐짓 큰 소리로 노래를 불러댔지 멀리서만
반짝이던 반딧불이 놀라 부산히 날아오르고
바람자락을 황망히 거두어들일 때
우연히 늦은 한 선녀를 만났지
젖은 발이며 파닥이던 가슴에 놀라
나는 그만 냇물에 몸이 빠져서
그 여린 옷자락을 놓치고 말았지

아쉬워, 평상 위에 앉아 비로소
가슴을 쓸어내리며 하늘을 우러렀지
그때 가슴의 궤적을 따라 예리한 통증이 있은 후
달의 목소리를 지닌 내 이름을 들었지
어렴풋한 별빛이 메아리가 되어
빛나는 어둠
공기 속으로 사라져갔지

지게 버려두고
험난한 계절에도 상관없이
그대 간 곳 찾아 나섰지
달의 순환이 다할 때까지

바람이 분다
— 로르카에게

바람이 불면
종소리가 수면 위에 퍼진다
작은 풀잎이 만드는 길
누웠다 사라진다

바람이 불면
숲들은 하늘에 모든 손을 펼쳐들고
심장은
손가락 끝에 뜬 달

가슴의 능선 위에서는
아무도 사랑하지 않는다
다만 어깨를 기댄 채 함께 흔들릴 뿐

바람이 불면
능선과 숲은 하나의 바다
심연 속에
별도 심장을 두근거린다

2부

소녀는 마침내 별빛 한 장을 넘긴다

금낭화

유월 한낮 어린 딸을 데리고
옛 마을의 산사山寺로 산책 간다

경내 스피커에선 목탁소리 대신
녹음한 부처 말씀만 또랑또랑 흘러나오고
사천왕 대신 개 두 마리
배 내놓고 낮잠 잔다

햇살은 화엄경마냥 저리 넓어서
설법 위로 떠도는 자벌레가
무량한 햇살의 반죽을 펴놓고 주무른다

무료한 종소리
이 음습한 몸으로 들어와
세상 밖으로 끌고 나간다

오후 한 시

강이 흐르고 한낮이 흐른다
어느새 공단에서 나온 사내가 서 있고
야금야금 그림자 먹는 강변을 따라

햇살은 강 건너 강아지풀 앞에 몸을 숙이고
배 터진 소파를 삼키는 갈퀴덩굴로 더 집요하다
강안江岸에는 개구리와 배추흰나비와 개구리밥과 골풀
사마귀 달팽이 물방개 노란점나나니 호리병벌
그리고 애기부들과 개쑥과 조밥나물이 마구 뒤엉켜
바람의 길목마다 집을 짓는
가시엽낭거미의 오후가 푸짐하다

굴뚝 그림자가 오후의 그물을 걷어 올리고
송장메뚜기는 사내 키를 넘어 다니는데
막 부화한 날도래가 날개를 말리고
밤의 허기를 키우고 있다

봄비

흰 사기요강에 부서지는 별빛과
가랑이 벌린 산山할미 엉덩이 아래는
천 개의 봉우리와 천 개의 골짜기
아이를 비워낸 자리엔 소쩍새 울음 닮은
삼백예순날 산 주름만 남아
주름이 주름을 불러 한숨을 만들고
가없는 넓이로 눈앞에 막막히 펼쳐져 올 때
일월성신은 뒤치다꺼리로
일만 년째 하늘을 돌고 또 돌아도
늘어진 저 배는 쉬는 중인지 부푸는 것인지
서리는 해마다 내리고 내려 버캐처럼 쌓이고
쇠리쇠리한 햇발에 주름이 접혀서
길을 걸으면 뒷덜미가 따뜻해지고
웃음도 따라오는 것이다 내 몸주는
맹인의 욕망이 깃든 햇살일지니
할머니, 하고 부르면 산은
오줌소태마냥 찔금찔금 되물으며
내 배꼽으로 스며들어 골짜기가 숨겨둔

항아리란 항아리 죄다 갑자기

간장 달이는 냄새를 진하게 날리고

신神은 내 안으로 마구 들어차는 것이다

초록

물오르는 겨울나무가 펼치는 나무초리 끝
풀꽃처럼 고개를 들어 태양을 보아라 나는
어머니의 치맛자락을 밟고 거기서 출발하리라
대지만 편애하여 어깨를 좁히진 않으리

이제 막 바람이 간질이고 가는 첫울음부터
대지를 움켜쥘수록 더 높이 가지를 뻗어 올리는
몸 안에 목을 세우는 가시와 이파리의 전투
태양의 목덜미 물고 뜯는 집요함을 배워라 나는

고독을 구부릴 줄 아는 성충권의 나이
거북목과 저린 두 팔을 펴드는 사무원처럼
병든 길을 따라 나무의 마른 안쪽 울울鬱鬱에서
역마살 돋는 온몸의 날개를 펴라 나는

너머의 구름과 뒤꿈치를 들어 올리는 바람
대지의 저주에서 벗어나기란 이토록 어려운 것인가
대지에 발을 디뎌야만 사는 몸뚱이의 천역에서

거친 바람 채찍에 높이뛰기를 하라 나는

뇌우와 폭우에도 끄떡없던 날개도
구만리장천을 장엄하게 탕탕蕩蕩 울릴 기세였지만
한쪽만 살짝 기울어도 바로 날지 못했다

약속

멕시코 만류는 쿠바를 지나 북쪽 그린
란드에 이르러 다시 심해 해류로 흘러 적
도까지 다시 오는 데 이천 년이 걸린다.

온다 저 가을
강물도 흐르고 하늘도 흘러
온다 내가 사는 내린천 상류
저 하늘을 흐르는 푸른 해류
예수의 울음이 막 터져
마구간의 지붕 틈으로 흐르던 하늘은
지금 내 몸으로 흘러
즈믄 해 가고 새로 즈믄 해가 흘러오도록
도착하지 못한 적도의 햇살
저 느린 포교의 여정을
눈치챌 수나 있겠는가 흐르지 않는 듯
말씀에서 흘러오는 햇살

쿠바의 푸른 하늘 아래

혁명과 카니발의 땡볕을 싣고 흘러
그린란드의 빙하에 더운 피를 부려놓고
구원의 밑바닥 짓눌린 암흑의 길을
느낌도 의지도 없이 흘러
나의 혈관 속으로
심해의 수압을 서서히 덥히면서
햇살의 나른함을 되찾으며
난바다가
예수의 더운 피가 온전히
뿌리이며 이파리가 하나의 몸으로
새싹으로 나무로 솟아오른다

11월

어깨 기운 나무 전신주
가물거리다 흐릿하고 고요하다 깊어진다
햇살은 노드리듯 날비처럼 나리다
골짜기마다 고이고 고여서
날개를 접은 까마귀 하나 눈이 멀었다
이승의 반대쪽으로 기울어진 그림자
볕바른 도사리나 마른 삭정이처럼 오래
마르고 있다

이깔나무 해바른 등성이마다
털갈이하는 짐승의 숨소리 더 깊어지고
푸섶길마다 햇살은 실없이 건너뛴다
타버린 나무둥치 아래로
쑥부쟁이나 구절초 감국 뭐 이런 것들도
어서 추워져서 눈물을 말리고 싶다는 듯
시베리아 찬바람을 불러들인다

한 사내가 밀고 나갔다

난기류에 꺾이고 밀고 밀려서는
더 나아갈 수도 돌아갈 수도 없는 아홉사리재
배고픈 젖꼭지마냥 쪼글쪼글해지고
주름 깊은 아스팔트 위에 두 발이 푹푹 빠져
깃털 빠진 한생生을 토해내게도 하는 것이다
다른 생을 지나는

봄은 먼 길로 돌아온다

무척 긴한 일처럼 멀리서 찾아왔다

잠시 후 돌아오겠다는 카페 앞에서
나는 바다를 등지고 술을 마셨다
등 밀어주는 해조음에 술잔은 거침이 없었다
앞에는 좋아하는 시인이 노래하고
그 시인을 좋아하는 여자는 시를 쓴다고 했다
망각의 눈을 가졌다는 여주인은 좀처럼 오지 않았다
그 눈에 반했다는 소설가는
그새 또 다른 연애를 꿈꾸고

간혹 갈매기가 와서 욕을 하고 갔다

바람 따라 나섰던 여주인도
시를 앞세우고 가자던 시인도
망각을 찾던 소설가도
긴한 일로 찾아왔던 나도
모두 잊고 그만

저녁과 사랑에 빠져버렸다

빌어먹을 세상에 낮술은 잘도 넘어가고
받은 소식은 비루먹고 토악질을 해도
해는 서산을 잘도 넘었다

무당개구리

우물이 하늘을 엿본다
골짜기 하나가
산새와 너구리 오소리 다람쥐 누렁소나 고라니
휑한 눈 속

다섯 호 화전마을 속내를
일일이 간섭하던 그 무당
첫새벽 그 많던 소원은 다
그녀의 소관

온밤 내 컬컬한 별빛의 성화로
맵게 반짝이다가

순이가 던진 바가지로
돌이끼에 튀어 오르는 햇살
낮잠을 자다가도
시시콜콜
잔소리를 퍼 담기도 하고

떠도는 안부를 묻기도 하는
집집마다
조왕신까지 돌보는 그 무당
하늘을 엿본 죄
아무리 가물어도 마르지 않는 것이다

바람분교

조롱고개 넘어 샛말
내린천에 몸 섞는 방동약수 건너
쉬엄쉬엄 쇠나드리 바람분교
노는 아이 하나 없는 하루 종일
운동장엔 책 읽는 소녀 혼자
고적하다 아이들보다 웃자란 망초꽃이
새를 불러 모아 와, 하고 몰려다녀도
석고의 책장은 넘어가지 않는다
딱딱한 글자를 삼키려는지
친구의 돌아오는 발꿈치를 읽으려는지
종은 울리지 않아도 꼬박꼬박
아침해와 등교했다 하교하는 분교
독서를 즐기는 저 소녀는
나뭇잎을 읽고 꽃을 읽고
성큼 붉어지는 하늘마저 읽는다
철봉대에 촘촘히 짜 내려가는 땅거미
빈 걸상에 앉은 바람이 책가방을 싸고
교문 밖에선 산나리와 패랭이가 꼬드겨도

낮에 읽은 구절에 어둠이 한 겹 덮일 뿐
눈이 동그란 새마저 하나둘 하교하고
밤으로 불어오는 바람에 처음처럼 스러지는 폐교
소녀는 마침내 별빛 한 장을 넘긴다

나뭇잎 배

모든 것은 한 방울 물로 시작되었다

하늘에서 떨어진, 고아 같은 당신은
어느 돌 틈에서 반짝이며 빛났던지
온 몸통을 울려 노래를 부르듯 계곡은
바위와 나무를 매만지며 음률로 찬란했다
풀무치와 말매미가 변주하는 날개가 활개치고
서로 지치지 않는 폭염과 갈증에
더위를 피해 발이나 담그자는 것이었는데
너의 화난 마음과 나의 질투는 조율되지 않고
조금씩 줄어드는 수량처럼 언젠가 마르겠지만
이 격랑의 폭포수를 어쩌란 말이냐
잘해보려 하여도 오히려 꼬여버린 대화는
큰딸이 수능을 보는 나이가 되어서도
이 기인 계곡을 벗어나지 못하고
간밤에 머리를 처박고 쓰러진 참나무나
오래전 굴러떨어진 거대 바위에 밀려 돌아
아차, 하는 사이 저 멀리 하류로 달아나서도

포기하지 않는 서로의 부력이 필요할 터인데

벌레 먹은 나뭇잎도 화엄에 이를 것인지

저무는 햇살에 어림해보는 것이다

와우蝸牛

일만 년 시간을 끌고 나와
충분히 미련할 줄 알고
대지의 연한 입술만 더듬는 그를
때를 기다려 밭가는 맨발의 황소
라고 부르자, 농경민족의 기억 속에만
무럭무럭 자라나는 햇살가시나무처럼
바람의 워낭소리 낭자하고 온통
무료의 양식으로만 자라는 이파리 뒤에 숨어
구름이 몸을 뒤척일 때마다
풀숲에 이랑을 내고
웅덩이를 파고
불알 덜렁대며 이슬을 갈아엎는
청동기 속의 따비가 되어
논길로 걸어가는
머리에 이고 가는
고봉처럼 꾹꾹 눌린 봄볕
한 숟가락 푹 떠 혀끝으로 밀어 넣으면
목숨 한끝이 꿀럭꿀럭이다가

바늘다발로 올라오던 어둔 생목도

한 가득 내려가서

대지의 몸을 환하게 열어젖히고

꿈틀꿈틀하는 것이다

탑골공원

근대가 남긴 최초의 고아라지
파고다공원이 들어서고도 백 년쯤
일광日光이 만세 하듯 급하게 지구를 돌리고
맥고모자에 양복이 낯설던 팔각정
울분도 볕도 간데없고 햇살만 남아
거대한 유리관 속 원각사 탑
주인 잃은 종처럼 넋 놓고 서서
아름다운 기와집이 있고
옥신屋身에는 그 많은 부처와 보살과 천인天人이
저마다 구름 타고 연꽃 밟고 용과 사자를 거느리는데

담장 너머엔 활동사진처럼 차들이 지나고
정적도 공원을 중심으로 동공을 열어 보이는데
깨알 같은 햇살에 홀로 골몰해
앙부일귀 받침돌에 넘쳐흐르도록 두 손 내밀고
비둘기모양 후줄근해지는 열두 동물들
볕을 쬐다 헛둘헛둘 운동하고 서넛씩 모여
구구한 이야기를 주고받다 술잔을 나누고

나란히 손잡아 강강수월래 하거나
만해 스님과 손병희 선생을 모시고
비문 속으로 들어가는 것이었다

청첩장

기억도 희미한 길을 따라 친구 결혼식에 간다
친구가 꼭 잡은 나무 둥지 아래로
한 광주리의 단풍잎이 오래된 안부처럼 떨어진다

벌써 애가 둘이라는데 새삼스레
불쑥 은행잎 엽서를 내밀었을까
청첩장에는 국수 가락처럼 풀리는 오후가
옛 마을의 지도를 그리고 지금은 지워진
아버지의 기억 끝까지 빠지는 무논과
서서 마른 옥수숫대가 햇살을 부비고 있다

한쪽 뺨이 얼얼했다

땅 있던 이들은 갈 곳 찾아가고
없는 이들은 없는 대로 흩어졌는데
다섯 해 만에 불쑥 손 내미는 마을 옛 이름
그랬다 개발지구 말뚝이 박히고 나서도
오랫동안 허깨비처럼 전신주에 기댄 석양도

식어버린 잔치음식처럼 더부룩하고 허한 빈손

서로 감추고 낯설은 척 서로 어설픈

햇살이 구정물처럼 버려지고 있었다

병원이 있는 거리

건축자재가 녹스는 공터를 지나
만화책을 든 소녀가 햇살에서 걸어 나온다
소녀의 이마에서 떨어지는 웃음소리가 간간이 튀어 오
르고
나는 벽공碧空 가득 내 발소리를 들으며 걷는다

공터를 지나면 아주 오래된 평화교회가 나오고
누구에게나 햇살과 복음을 던져주는 참새들
둥지를 튼 담쟁이넝쿨 속 병원은 환하다

의사는 느닷없이 문을 닫고 참새들은 분주히 퇴근한다
병원을 지나 강가에 이르면 먼 구름이 애써
중력을 버티고 있었다

소녀는 힘껏 강물의 힘살을 열어젖히고
거미줄과 강아지풀과 탱탱하게 물먹은 바람이
죽은 사마귀와 송장메뚜기 그리고 개미들의 행진이
버려진 흑백 TV 속으로 들어가고

나는 가을에 진찰받으러 온 것이다

뒤란 2

댓돌 위 한 짝
저만치 나가 봉당마저 뒤집어졌다
어미의 꿈속에 머리를 들이민 강아지처럼

잃어버린 한 짝
동동 구르던 정적 지루한 햇살
오롯한 몸 비린내가 지탱하고 있다

하굣길에 비를 만났을까, 아랫목
이불에 덮여 있던 배고픔도 밀어내고
젖은 몸을 덥히다 잠들었을 거야

묵은 배꼽 때가 불었나 보다
낙숫물 떨어지는 고요도 부풀어 오른다
장독마다 넘실거리는 어둠

참았던 울음을 터트리는 은방울꽃
재투성이 나도 거기 같이 있었다

세상모르고 아궁이는 가물가물하다

3부

당신이나 나는 혁명가를 꿈꾼다

내 아내는 야생 염소였다

야생 염소를 잡으러 산으로 들어갔다.

나는 좋은 사냥꾼을 위한 수련 중이었다. 한마디로 나는 초짜였는데, 그날 밤 야생 염소를 뒤쫓아 멋진 솜씨로 숨통을 끊어 놓았다. 염소의 가죽을 벗기고 고기를 자르는 동안 정해진 규칙에 따라 기도를 드리고 야생 염소의 몸을 매우 극진히 다루었다.

사냥을 마치고 돌아오려고 할 때였다.

갑자기 아름다운 여자가 나타나 자기 집으로 따라오라며 유혹했다. 하지만 나는 내가 아직 훈련 중이고, 여자와 관계하면 사냥 능력을 잃고 만다는 걸 직감했다. 그러자 여자는 나의 빈틈없는 사냥을 칭찬하면서 함께 집으로 간다면 더욱 뛰어난 사냥꾼이 될 거라고 속삭였다.

걷고 또 걸어 높은 단애斷崖에 도착하자 바위의 갈라진 틈이 보였다.

그곳으로 들어가자, 그 틈새는 등 뒤에서 바로 메워졌다. 그곳에는 많은 야생 염소가 있었다. 여자가 다가와서 말했다. "이제부터 나는 당신의 아내예요. 이곳은 야생 염소의 동굴이고, 나도 야생 염소예요. 그리고 야생 염소는 지금 발정기죠."

여자는 나이 많은 숫염소의 커다란 가죽을 가지고 와서 내게 입혔다.

"자 함께 즐기기로 해요." 벼랑의 문을 열고 우리는 함께 밖으로 뛰어나갔다. 나는 야생 염소로 변해 바위에 뛰어오르기도 하고, 위태로운 경사를 뛰어내리기도 했다. 하지만 나이든 숫염소의 털가죽은 내게 너무 무거웠다. 나는 젊은 숫염소의 공격에 동굴로 쫓겨 돌아오고 말았다. 거기서 좀 더 젊은 숫염소의 털가죽으로 갈아입었지만 그것도 무거웠다. 나는 또다시 젊은 숫염소의 공격을 받고 물러났다. 여자는 내게 한창 젊고 힘센 숫염소의 털가죽을 입혔다. 그런 다음 자신도 무리 속에 섞여서 관계를 가졌다. 나는 가벼워서 구름을 밟을 수도 있었고, 내게 달려드는 숫염소도 손쉽게 물리칠 수 있었다. 그런 다음 나는 아내와 장모, 늙은이, 젊은이를 포함하여 해가 뜰 때까지 모든 암염소와 관계를 가졌다. 날이 밝자 모든 야생 염소는 집에 돌아가 잠을 잤고, 밤이

되면 또다시 관계를 가졌다.

　나는 사흘 밤 내내 그렇게 지냈다.

　항상 처음 두 번은 숫염소들에게 쫓겨났지만 세 번째는 이겨서 모든 암염소와 관계를 가졌다. 그러고 나면 또다시 하루 종일 잠을 잤다. 밤과 낮이 세 번 바뀌었을 때, 아내가 나의 활과 화살을 들고 따라오라고 했다. 우리 둘은 높디높은 벼랑의 꼭대기에 도착했고 거기서부터 단숨에 밑에까지 미끄러져 내려왔다. 아내는 나에게 작별 인사를 하였다.

　"당신은 이제 훌륭한 사냥꾼이에요.

　당신은 야생 염소가 사람이란 걸 잘 알고 있어요. 그러니까 야생 염소를 죽이더라도 경의를 표해야만 해요. 당신은 모든 암염소와 관계를 가졌어요. 그들은 당신의 아내이며 당신의 아이를 낳을 거예요. 그러니까 절대로 쏘아서는 안 돼요. 하지만 처남은 쏘아도 돼요. 그들을 죽이더라도 미안한 마음을 가질 필요는 없어요. 그들은 정말로 죽는 것이 아니라 단지 집으로 돌아가는 것일 뿐이에요."

나는 다시 사냥에 나섰다. 산 중턱에서 암염소와 새끼 염소를 발견하였다. 내가 야생 염소에게 활을 쏘려고 하자 암염소가 소리쳤다.

"나는 당신의 아내예요!"*

나 자부심을 잃었다, 깎아지른 아파트를 오르내리며 사랑도 잃고 식욕만 늘었다

* James Teit, The Thompson Indians of British Columbia, 1900. Howard Norman, northern tales에 등장하는 톰슨 인디언 신화의 사냥 규율을 차용하고 변용하였다.

나의 초상

거인 이야기를 하나 할까
찢겨진 현수막과 검은 비닐이 나부끼고
바람만이 이곳이 밭이었다는 걸 증명하지 한때
나이든 농부는 씨앗을 심었지
이곳이 사막이란 걸 알면서도 그는 미련했지
간신히 싹을 틔운 배춧잎은 이내 시들어버렸어
농부는 물뿌리개로 물을 뿌렸지
고성능 펌프도 소용없었지
유난히 하늘은 푸르렀고 구름도 없었어
농부의 눈에서 눈물이 한 방울 떨어졌지
눈물을 머금은 배추는 싱싱하게 살아났지
농부는 계속 눈물을 흘리기 위해 자신의 뺨을 때렸어
그것도 모자라 망치로 자신의 머리를 때렸지
달팽이가 나타난 건 아마 그때였지
배추는 부드럽고 싱싱했으므로
달팽이는 점점 그 몸집을 불려갔지
배추도 농부도 집도 삼켜버렸지
거대한 달팽이의 식성은 무지무지 느렸지만

농부를 집어삼킨 더듬이는 예민해졌지

이것에 관한 고찰
— 유리동물원 16

흔하디흔한 것이다
당신과 나 사이에 이것은 있다
이것은 첩보원 같은 것이다
속삭임은 안에서 확대된다
구름 같지 않다
당신이나
나는
유목민을 꿈꾼다

수천수만 인형의 꿈
인류의 미래가 목을 맨다
아, 광대하고 광대하다

줄기가 끌고 나오는 알찬 감자 씨알처럼
소리가 나를 끌어올린다
소리 없이도 너를 울린다
장님처럼 민감하다
당신이나

나는
혁명가를 꿈꾼다

냉장고

디딜수록 무너져 내리는 개미지옥이다

누가 키우고 어떻게 잡고 어떻게 운반되고 어떻게 손
질했을지
그 선의를 믿기로 한다 아니 믿을 것이다 식욕을 믿는
맹목으로
태평양의 물살을 가르고 적도의 햇살에 익었을 노동
의 꿈을
원산지와 생산에 관여할 수는 없는 나의 무의식이 서
성인다
상하지 않고 썩지 않게 쌓아두고 서로 손을 나누지
않는다
썩지 않는 것은 몸에 냉정하게 남아 쌓이고 쌓인다

김치 익는 냄새를 따라 볕살에 부서지는
보드란 사타구니 고샅을 돌아 내려오는 노루 볕
돌무더기를 덮은 사위질빵도 밭을 일군 수고에 발을
걸치고

토란 같은 식구들 잠이 깊은데 어머니의 부활절은

　곰삭아 자꾸만 부풀어 오른다 과일이 간직한 적도의
햇살

　짜디짠 남지나와 태평양의 지느러미를 뒤척이고

　형광의 불빛 아래 아토피에 지쳐 잠든 나의 아이들

　뒤척이다 도랑물 소리는 맴돌며 서성이다 다시 이어지
는데

　나의 식욕은 무엇을 부활시킬 것인가

　벗어날 의지도 없는 편리한 꿈의 행성에서

　저 입구는 공포와 안심으로 닫힌 관뚜껑

뱀파이어

돌아보면 언제나 그 자리에 있다
바람의 목덜미가 야릇하다

술 맛 고기 맛 돈의 맛
나 너에게 끌린다

판돈이 없어도 노름판에 기웃거리듯
싸우고 토라져도 이내 휘감기는 연인처럼

내 안의 고치실을 뽑는 자여
내 피로를 먹고 사는 자여

질투하듯 너는 결코 거칠지 않다
너는 밀크초콜릿의 대가답다

좀비도 환영도 양귀비도
나에게 이토록 열락을 주지 못했다

콜라에 콜라를 부르는 코카
표면장력이 핏방울을 끌어당긴다

나 이미 너의 신도 너의 백성
내세가 무릎을 꿇은 현세의 왕

믿음의 기원

고원高原의 차가운 안개가 평원을 흐르고
밋밋한 지평선이 비너스의 젖가슴으로 출렁인다
먼지와 추위와 외로움에 툴툴대던 야간 버스도
물끄러미 바라보는 낙타의 눈길 앞에
아침놀을 뒤로하고 이방인을 내려놓는다
메마른 대지와 기암괴석의 계곡에서 솟아난
수도승 마을이 아침경經을 읽는다, 터키 아나톨리아
카파도키아는 천 년 전부터 열반에 들었다
먼 우주의 숨소리를 가다듬는 응회암의 자궁에서
엄지손가락을 빠는 수도승의 푸른 치아처럼
인간의 종교가 풍화되다 잠드는 고원의 햇살
네브세히르Nevsehir에서 윌급Urgup, 괴뢰메Goreme까지
바위굴의 열망마다 비둘기 똥으로 가득하고
지하 석굴 도시의 방방마다 뭉쳤다 흩어지는
그 창궐하던 믿음의 역사가 미로의 넋을 만들고
기원전부터 온갖 박해에 맞서 개미의 지혜를 배우고
환기구, 예배당, 침실, 부엌이며 학교까지 갖추었으나
바위 구멍마다 인간 저편의 망상과 고뇌와 가책이

형형하던 신의 얼굴에도 내려앉았으니
미움과 그리움에 주름질 일 없고
막막한 마음이 불쑥불쑥 일어났다가도
적갈색 등허리를 드러내며 또다시 쓰러지는 매칸밸리
히타이트의 유목민이 사랑을 나누고
아브라함의 후손이 다시 태어났으리

새로운 종

"선생님, 암세포라는 게 정상적인 환경
에서는 허약한 존재지만 오염된 환경에
서는 잘 살아남을 수 있어서 빠르게 증
식하는 겁니다."

자동차와 아파트로 둘러싸인 이곳
낮은 산에도 길에도 가을은 법석이다
쓰스스, 끼기기, 똬르르……
된소리로 울고 웃고 노래하는 것들
그래도 귀에 거슬리지 않는다
같은 몸에서 태어났기 때문인가

풀길이 행복한 건 저들이 사랑하기 때문
하늘에는 별들이 하나도 총총하지 않고
부엉이도 소쩍새도 발톱을 숨기지 않는 밤
신갈나무 싸리나무 이파리가 숨을 멎는다
졸졸대는 골짜기나 도랑 없이도 반딧불이는 난다
신기하고 아름다운 이 작은 고요들
도시의 더운 숨을 먹고도 살아남는 기술인가

후기자본주의나 신자본주의처럼 너를
늦은 반딧불이나 새로운 반딧불이라 부르랴
나의 발소리나 도토리이며 솔방울을 떨구는 소리에도
잠깐씩 숨을 멎었다가 다시 내쉬는 것들
모스부호 주고받으며 서로 안부를 묻는 것일 텐데
큰키나무 그늘에는 국수나무나 떨기나무들
편의점 불빛에 눈 시도록 이파리를 펴보고
새벽에야 숨을 확인하는 알바라는 불빛들
대낮에는 으름덩굴 속 반딧불이는 숨어서
멸종을 숨죽이고 날갯짓을 한다

쓰스스, 끼기기, 똬르르……
된소리로 울고 웃고 노래하는 고요
한 지붕 아래 살아야 하는 것들

참으로 닮았다

어제나 그제쯤이었을까 (뭐 그렇다는 거다)
문을 열고 나왔다 그리하여
무언가를 잃은 당나귀처럼 종종걸음으로
사람의 왕래가 많은 그 길로 걸어 들어갔다
눈 돌리지 않고 사람에 밀려 등만 보고 걸었다
그 누구도 무슨 일이 있었는지 보지 못했고 알지 못했다
지하철 입구에서 전단지를 받으며 비로소
단순함에 이르렀기에 살생도 할 수 있는 것이라고
아니 무언가를 죽이는 것도 그런 생각이라고
그런 생각을 견디다 못해 자살도 하게 되는 거라고
쿨럭이는 밤안개처럼 흘러 다니다 문득
너무나 일에 골몰하여 정신을 못 차리는 것도
시간을 허비하는 것이리라 (뭐 그랬을 거란 얘기다)
증명서와 온갖 실적이 너를 끌고 다녔다
어느 날 세상 사람의 눈에 이미 너는
눈 질끈 감고 주어진 임무에 늘 바쁘고 고독할 의무도
잊은 채
국민도 시민도 가족도 아니었다 (뭐 그렇다는 거다)

흰 페인트로 그려진 몸의 체적만 있을 뿐

얼굴은 보이지 않는다, 너와 나

참으로 닮았다

유랑의 역사

순결한 꽃잎을 떨구던 회화나무에서 살았다
완고한 시어미와 말이 없던 며느리는 아수라 같았다
그는 저물도록 가출했다 돌아오지 않곤 했다
그 적막이 무서워 회화나무 그늘에서 뛰쳐나왔다

담 안에서 개나리 군락을 거느리던 감나무
자신의 열매를 키우지 않던 우듬지에 세 들었다
일 년에 한 번 자신의 발아래 태를 묻고 늙어갔다
무성하던 개나리 이파리가 떨어졌다
뿌리 근처로 회돌이 바람이 불고 그의 아랫도리 쪽으로
어지러운 술병과 고기 굽던 철망이 앙상하게 드러났다
그의 몸에서 검버섯 같은 곰팡이가 그녀에게 넘어갔다

아파트 뒤뜰 햇살 들지 않는 대추나무에 옮겨 앉았다
먼저 떨어진 열매에서 벌레가 나와 나무를 다시 올랐다
어떻게 그토록 붉은 열매를 많이 매달았는지 궁금했다
발끝이 조심스러웠고 이웃의 소심함도 불화의 원인이
되었다

그늘의 집에서 그는 겨울을 나고 사막의 주민이 되었다

지옥도

그날은 한칼에 베어진 하늘이었고 바다였다
너와 나는 끝없이 서로에게서 떨어져 나가고 있었다
그리하여 각자는 고유한 색깔 속으로 빠져들었다
이쪽에는 나의 하늘이 저쪽에는 너의 바다가 있었다
오직 하늘과 바다 그 갈라진 사이만이 시야에 가득했고
그 사이를 볼 수 없고 말할 수 없는 것이 들어차고 있
었다
그냥 '지쳤어'라는 말조차 나오지 않았다*

어쩌다 만난 건 아니었지만 계획을 한 것도 아니었다
그냥 유리창에 굴러떨어지던 물방울처럼 우리는 뭉쳤다
주문진 아래께 바닷가 가는 길에는 소나무가 아름다
웠고
마음도 너그러워지는 햇살 아래 지옥에서 나들이 온
하루였다
살수록 재촉하는 마음, 지옥을 넓혀가고 있었는데
지난겨울 시를 좋아하던 여인은 이제 시인이 되었고
망각을 찾아 떠났던 소설가는 탁구공이 좋아 흰 공에

갇혔지만

　겨울나고 만난 두 시인이 펼쳐놓은 바다는 과연 감칠
맛이 났다

　바닷가 시인은 서산栖山이 어울리겠다며 나에게 작명
하였고

　나는 대구로 해람海嵐이라 맞장구쳤지만 람嵐은 외람
되어 갓 시인된 여인에게 돌아갔다

　결국에는 무서워서 쓰지 못하고 있다던 무인無人을 무
인撫人으로 주물러주었다

　다시 영嶺 너머 지옥으로 돌아가는 길을 앞에 두고 있
었지만

　저 아래 바닷가에서 기자를 하는 후배도 엊그제 시인
이 되었다 하고

　모래쟁변에서는 백석의 모시조개가 무한히 나이 금을
늘이는데

　한 잔 더에 불콰해진 얼굴에는 노을이 장엄하였다

　영嶺 너머로 붉어지는 지옥도 앞에 이런 날 하루쯤은

있어야 하지 않겠냐고

　때론 바닷가에 유배 오는 날도 있어 죽을 맛도 술맛
아니냐고

　파도가 주무르는 잔을 한 순배 부딪치고

4부

그늘에 누워 뼈를 말리는 망자들

제비꽃

다시 돌아왔다, 무덤가 제비꽃
겨우내 그 미련함만 뽑아내기로 한다

미워하면서 닮는다는 말 참 송구하다
결국은 내가 속고 마는 경지가 아니고서야

당신처럼 살지 않겠다고 다짐하던 봄
뽑아낸 자리마다 미련은 피고 또 핀다

북두칠성

질주가 간간이 이어지는 밤 자락이다
북극성을 중심으로 일곱 개의 별들이
둥글게 모여 앉아 불을 피웠다

느티나무 아래는 벌레의 세상
외줄면충, 송충이, 개미와 자벌레
나와 아내 그리고 나의 딸들
우리는 이파리를 잘게 갉아먹었다

무형의 자산으로 쌓이는 피로인가
무기력의 질주가 낳은 부채인가
들으려고 마음먹어도 들리지 않는다
보려고 마음먹어도 보이지 않는다

느티나무가 길어 올리는 노동의 노래
나무 위에서 일곱 개의 방울이 울렸다
사다리를 밟고 오르는 것인가, 별의
아이들은 사슴을 타고 경중경중 뛰었다

이장移葬

한여름 윤달이 뜨고
한 가지에서 뻗어나간 가족들이
한자리에 모였다 저승과 이승을 가로질러
상남上南의 산골에서 내려오신 할아버지와
내린천 골짜기에서 나오신 작은할머니
성남城南의 시립묘지에서 오신 큰아버지 내외분
제일 가까운 해안의 뒷골목에서 유골 대신
몇 가닥의 머리카락만 보내오신 큰할머니와
공원묘지에서 나를 보내신 아버지

사촌들은 말없이 구멍을 팠다
야트막한 산은 마치 여자의 음부처럼 둔덕이었다
지관은 음택이라고 했다
나는 그게 왠지 음핵처럼 들렸다

잣나무 그늘에 누워 뼈를 말리는 망자들
나는 검불을 긁어모았다 여기저기
떨어진 삭정이는 꼭 집 떠난 큰할머니의 뼈 같았다

그나저나 어디로 가신 걸까요? 할아버지
알 수 없는 작은 벌레들이
나뭇가지를 갉으며 아기처럼 울었다

패철을 든 지관의 말에 따라
망자는 다시 동서남북을 가려 누웠다
망자의 집이 꼭 애기집 같았다

아내의 뱃속에서 둘째가 자꾸 발길질을 했다

노랑나비

나비에게 소원을 빌면
말하지 못하는 나비는 비밀을 간직한 채
하늘로 간다

대한민국이라는 배에 탔던 사람은
맹골수도 어두운 바다 속에서
이국만리 독립 투쟁의 장정에서
힘없는 국가에 태어나 남의 나라 전쟁터에서
혹은 먼저 떠난 부모와 형제자매를 찾아
이승의 국경을 넘는다

억눌리고 발버둥 치다 죽은 이의 밤이다
해마다 봄이 되어도
음습한 추위가 뼈마디마다 촛불을 켜겠다
봄꽃이 해마다 피어나듯
나비는 돌아올 것이다

멀게는 동남아에서 중국에서 이름 모를 섬에서

가깝게는 맹골수도에서 집집마다 문 앞에서
자본과 권력의 사막을 지나
생生의 국경을 넘어
태양의 길을 따라 봄꽃으로 봄비로
삶에 죽도록 목마른 이는
돌아오는 것이다

아버지와 딸

— Michael Dudok de Wit 그리고 나의 딸에게

그의 자전거를 타고 여기까지 왔다 누구나
지나야 하는 방죽에는 높고 푸른 봄의 행진
페달이 힘겹던 언덕도 아름다워라, 그의
앙다문 치아처럼 가지런히 늘어선 포플러
그 하늘과 맞닿은 심연은 강 건너로 길게 이어지고
포옹하고 못내 돌아서던 나룻배를 그의 뒷모습을
물소리는 오래도록 배웅했으니
구름은 몸을 바꿔가며 흘러가고 흘러왔지만
비의 냄새는 풍성히 그를 돋아나게 할 뿐
한 떼의 어린 자전거는 희희낙락했으며
심연은 강폭만큼 더 깊고 더 길고 더 넓어졌으니
어쩌면 포플러는 그를 연주하는 손풍금 같았으리
바람은 쓰러지듯 자꾸 오던 길로 밀어주었으나, 그를
닮은
　아이들은 또 강변에 와 손을 씻고 점점 뿌리에 가까워져
　나무만큼 키가 자랐고 길은 혼자 걷는 밤이어서
　쓰러지는 자전거를 몇 번이고 일으켜 세우듯
　어린 포플러를 키우며 그의 그림자는 커가고

더욱 완곡하게 갈대는 자란다
모래알 같은 종달새 지저귐으로
어린 딸의 자전거 바퀴는 하늘로 구르고
종내에는 두 바퀴의 균형이 힘겨워져가는 날도 있어
나는 방죽을 따라 길었던 빈자리를 글썽이며
저무는 부녀를 오래도록 지켜보는 것이다

가물거리는 별빛은

여보, 맨날 이렇게 못 먹어서 어떡하니?

남편의 재잘거림은 저 별빛 같아서
흡사 윤사월 개구리울음을 닮기도 했다
그 재잘거림을 듣다가 잠이 들기도 했던 것인데
샛별에 잠을 깨신 어머니는 장독대를 돌아
내 탯줄을 손에 쥐고 호박 섶 뒤로 사라지기도 했다
어떤 날은 흰 고무신이 떠내려오기도 하고 또 어떤 날은
소박데기로 온 별이 쏟아져 내리기도 했던 것인데
샛별 뒤로 몸을 숨기시는 어머니의 흰 옷자락이 보이고
길고 긴 먹구렁이가 무동을 태우고 가는 우주의 한 켠이
눈을 껌벅였다 행길에는 무모한 질주가 끝없이 이어지고
어머니는 달맞이꽃 속으로 황급히 몸을 숨기셨다
젯밥이 무에 그리 못마땅하셨는지 헛구역질 끝에
붉은 다라이나 비닐, 약봉지 같은 것들만 뱉어내셨다
그런 날은 힘없이 내게 웃어주기도 했던 것인데
그럴 때면 희미한 항히스타민제 기운으로 가물거리고
코스모스 문풍지 밖에선 해왕성 지나고 명왕성을 지나

가까스로 태양을 한 바퀴 돌고

새로 태어날 별빛은 부풀다 제 꼬리를 문 뱀처럼 맴돌았다

험한 세상이라고 조심 또 조심하라고

짙푸르게 당부하는 나무들 아주 먼 곳에서

마침내 돌아오는 그립고 반가운 소식과 근심거리로

손에 쥐어진 살별 꼬리가 길게 빛나고

요양병원

봄내 요양병원 707호실 환자는 내 외조모다
배다른 아들의 호적에서 이름을 풀어놓고
내 어머니만이 가족임을 증명하는 아침
거미줄을 모두 비워낸 늙은 거미처럼 꼼짝 안 한다
정신이 혼미하여 외손자도 겨우 알아보지만
그녀에게는 아흔아홉을 엮어낸 거미줄 기억이 있다

아침이 점심 같고 점심이 저녁 같은 하루
입에 들어오는 음식으로 시간을 가늠할 뿐
튼튼하고 너른 집에 살아보겠다는 그녀의 소원은
이제 관짝 같은 마천루의 침대 하나가 전부

그녀의 거미줄은 누구를 지켜줄 모성이었던가
농협창고 철조망에 걸린 네 살 무렵 내 뜬 바지와
거기에 싼 똥을 완고하게 기억해 풀어놓는다
한때는 부끄럽고 한때는 민망하기도 하였건만
이제는 그 손자가 누구인지도 알고 싶지 않다는 듯
그렇게 흉보던 작은댁도 이제는 잊은 듯하다

내 눈도 맘도 희끗희끗 가물거리며 거미줄을 치지만
스마트폰 탓이라고 노안이 온 게라고 둘러대지만
나의 거미줄에 걸려든 가족도 막막하고 아득하다

늙으면 현자賢者가 아닌 환자가 되는 세상이다

정화수

나는 어둡고 깊고 축축한 이 계곡에서
오래 잠들기도 했던 것이다 멀고 먼
할머니와 그 할머니의 할머니로부터
다시 어머니에게로 이어지는 별빛
차곡차곡 쌓이는 물이불 덮고 돌아누우면
산 주름만큼 버린 말들 흘러들어와
범람하는 경전들이 큰 소沼를 만들고
일렁이는 촛불로 지켜온 종교
한밤 내 별빛만 거두다가 마흔두 해
이불 털 듯 매일 아침 마음의 모진 각질들
무수히 떨구며 일어나지만
쏟아내고 삼키기를 되풀이하는 저 달
저 산, 아니 저 별, 저 입
내게로 굽이치는 징그러운 짐승의 가계도
어떻게 예까지 들어온 것일까
돌아앉아 늘어진 뱃가죽에 건선 연고를 바르고
아침이면 탈색된 머리를 비녀에 꽂아 올리는
저 노구의 신성은

한마디로 버릴 것들만 꽁꽁 싸안다가
묘혈에는 머리카락 몇 올만 남기시는 덕
외면하고 짐짓 모른 체했던
내 어둡고 깊은 우물
하늘로만 뿌리 뻗는 나무 한 그루

찬장

이웃의 왁자한 웃음소리가 들린다
느티나무 격자살의 간유리가 어둠을 가두고
한숨과 원망이 방울방울 다듬이질한다
정갈한 살림이 아궁이 속 어둠이
버물려지고 간간하게 배어들다 새침하니
식은 재처럼 돌아앉은 아낙이여

나물 뜯고 김을 매는 이른 아침에도
애호박과 쪽파와 대파는 텃밭에서 올라왔으며
간장 된장 고추장은 뒤뜰 장독대에서 내려왔고
김치와 마늘은 헛간의 서늘한 어둠에서 올라왔다
간장이며 식초, 김치 냄새, 살 냄새
당원이며 소다가루며 이스트가루는 또 어떤가
만자卍字 무늬 밥그릇의 소원에 매번 허기가 졌다

부뚜막을 굽히고 펴고 바지런했던 바람도
부지깽이에 얻어맞은 마루 밑 개 비린내도
외양간의 여물 냄새와 두엄 냄새도

서까래에 그을린 조앙님의 검은 울음도
심장마저 환하던 고통은 어디로 갔는가

고사관수도高士觀水圖
— 조선시대, 강희안

나는 숲으로 간다
몇 번의 멧부리를 넘어서
손목과 발목에 와 감기는 풀잎 속으로
간다 나무나 풀은 무심히 귀를 열어놓고
나의 발걸음을 받아 적는다
바람의 숨소리가 가깝다
입으로 소원하던 달이 서늘하다
뭐라고 뭐라고 속삭이는 거미줄
내 심장의 급한 여울 걸러내고

독대하던 선비는 보이지 않는다
나를 한없이 풀어놓는 저 는개
나를 한없이 흘려버리는 저 바람
나를 한없이 돌려세우는 저 가시풀
몸은 생채기만 환하다

달빛은
지나는 여울목마다

내 목울대까지 차랑거리다
불의 중심으로 타오르는
절정의 노래와
선비의 해진 신발만 보여준다
이상하고 조용한 숲이다

폭포는 후렴으로 떠돌고
나는 아직
구름바다의 이정표를 찾는다

숲의 묘지

오줌이 마려웠다
451번 지방도와 31번 국도가 만나는
아홉사리재 인적 없는 국유임도를 따라
무작정 들어선 나무의 숲 속
길섶으로 키 작은 떡갈나무와 개암나무
드문드문 팔은 움츠렸지만 발끝은 부드럽고
아스라이 소로小路는 이어졌다

둥글게 풍화되는 숲
수직의 나무 끝에 소곤거리다
햇살이 되고 노래가 되고
수북이 쌓여 내려앉고 문득
길을 감추는 이깔나무 숲 속
내 모습이 보이지 않았다

떡갈나무와 개암나무에 늘어진
탱탱한 오줌보와 구부러진 시계 초침을 따라
저 멀리 내가 걸어온 길에는

주저앉은 바퀴와 급한 용무가 있고
아내와 딸이 차례차례 있다

나와 마을
— 2011년 1월을 기억함

한파와 소독약으로 온통 회칠한 마을
조류독감에 구제역이 창궐하다 눈 그치고
마침내 어린 젖먹이를 위한 조등도 켜졌다
하루치 걸음은 지워져 짧은 일월日月이 되고

비탈에 선 나무들은 하늘로 피를 토한다
어깨 잘린 가로수는 돌아서 입술을 깨문다

짓다 만 까치집도 불탄다 영문 모른 채
체온을 잃은 새 떼는 급히 날아오르고
숲정이엔 껴묻거리로 순장되는 부사리 영각

병풍 속 다리를 건너 자식 잃은 이국의 며느리야
배신당한 너의 눈을 바로 보지 못하겠다
까치도 까마귀도 네가 가는 곳이 궁금하겠다
남은 인간도 영각도 저주도 묻어버린 곳

돌아보니 골짜기가 오롯이 명당이다

살처분한 하늘에는 흙눈이 쳐들어오고
대지는 온통 어둠이 흡혈하는 천국이다

유모차

아가만 필요한 건 아니다
할머니가 끌고 온 계절도 허리를 펴고 싶겠다

핏줄이 당기듯 처음으로 끌리는 건 어쩔 수 없나 보다
회귀의 자세란 저런 것인가

내세엔 무얼 바라야 고단하지 않을까
저녁이 둥글도록 끌고 온 이 겨울 끝자락

새싹도 온몸을 둥글게 말아야 태어난다
낙엽을 집 삼아 검버섯을 먹이 삼아

척추를 곧추세운다
봄의 자세란 저런 것일 게다

경춘공원

추석 성묘하러 공원묘지에 간다
차량은 꼬리에 꼬리를 문 정자 같다

어머니를 만나려면 골짜기로 한참 들어가야 한다
평소에는 쑥부쟁이도 피고 소도 치는 곳이다
좁은 길에는 차량이 서로를 시비한다

성묘하고 둘러앉아 음복하고 밥을 먹는다
오지 못한 누님은 암으로 자궁을 들어냈다 하고
핏줄처럼 뻗어 나온 골짜기는 자궁을 닮았다
산자락 자락마다 묘지는 온전히 아늑하다
여기 들어와 일 년에 몇 번 망자와 밥을 나눈다
얼마만큼 세월 흘러야 마음의 봉분은 주저앉고
어머니가 잊히겠는가

코스모스 부딪히는 길을 돌아 나오니
죽음 외에는 변하지 않은 것이 없다

시간이 된다면

황정산 시인, 문학평론가

1. 들어가며

자본주의는 시간 위에 존재한다. 꼭 마르크스를 인용하지
않더라도 모든 것은 시간에 의해 규정되고 또 가격이 매겨진
다. 그렇기 때문에 시간은 철저하게 수치화되고 관념화된다.
나의 보수도 나의 가치도 또 내가 사는 물건도 모두 거기에
들어 있는 수치화된 시간이 결정한다. 결국 우리는 이 자본주
의적 시간에 따라 모두 수치로 환산된다. 내가 사는 아파트
의 평수나 내가 몰고 다니는 자동차의 배기량 숫자도 어떤 사

람에게 전달한 내 마음의 가격도 다 이 추상화된 시간 이외는 아무것도 아니다.

자본주의는 이 수치화된 시간을 모두 화폐로 환원한다. 화폐의 수치로 환산된 시간이 우리의 모든 삶을 지배하고 인간 활동의 중심이 된다. 이러한 자본주의 사회에서는 인간의 모든 활동은 화폐의 가치와 그 기저에 깔린 추상화된 시간으로 환원되어버리기에 인간 활동의 산물인 모든 사물은 하나하나의 특정한 개성을 갖지 못하고 그것이 가지는 수치화된 시간인 화폐의 액면가로만 이야기된다. 때문에 사물들을 향해 가지는 감정과 의욕은 사라지고 권태감이 그것을 대치하게 되는 것이다.

그런데 이 권태는 근대인의 삶에 있어서는 근본적인 존재 조건이기도 하다. 비대해진 사회조직과 기계화되고 자동화된 생산 시스템 그리고 모든 인간관계가 수치화된 제도로 환원되어버린 사회조건 안에서 도구로 변해버린 인간 존재는 이제 능동적이고 주체적인 자기실현보다는 강제적이고 수동적인 "일"에 매달려 살게 된다. 더욱이 그 일이란 것은 오직 생산성이나 효율성이라는 말로 얘기되는 계량화된 성과로만 표현되는 것이기에 개성이나 자기 정체성 같은 것은 애초에 문제되지 않는다. 그렇기 때문에 자신이 하는 일이면서도 그것은 자신의 일이 아니다. 거기에 바로 권태가 자리한다.

현대 자본주의는 비약적 생산성 향상을 이룸으로써 우리의 욕망을 최대한 확대한다. 그러나 또 한편 그것은 모든 조직과 제도 그리고 모든 인간적 산물을 균질화하고 계량화하여 인간의 욕망을 통제하고 그를 통해 질서의 안정화를 만들어낸다. 바로 거기에서 권태가 만들어진다. 그렇게 볼 때 우리의 욕망은 사실 우리의 욕망이 아니다. 이를테면 내가 가진 어떤 옷이나 음식에 대한 욕망, 좀 더 나아가 한 여자를 사랑하고 싶다는 욕망까지도 그것은 순수한 나의 욕망이 아니라 화폐의 가치로 척도화되고 객관화된 다른 누군가의 욕망일 뿐이다. 거기에 권태가 있다. 이러한 권태에서는 나의 주체성은 존재하지 않고 끊임없이 나는 타자화되어 사라져간다.

근대 이후 예술이 존재하는 한 가지 중요한 이유는 어쩌면 바로 이런 권태에 저항하기 위해서이다. 그리고 권태에 저항하는 한 가지 방식은 권태를 그대로 직시하여 권태를 권태로 표현하는 방식이다. 그것은 보들레르와 이상이 했던 방식이기도 하다. 한승태 시인의 시 역시 권태의 근원이 된 자본주의적 시간에 대한 저항을 담고 있다. 하지만 그가 행한 저항의 방식은 보들레르나 이상과는 다르다. 그는 이 권태의 근원이기도 하고 우리 삶의 권태를 강요하는 시간을 마주하고 그것의 속성을 파악함으로써 우리 삶에 드리워진 권태를 벗어나고자 한다.

2. 시간과 슬픔

슬픔은 욕망의 좌절이 몰고 온 정서이다. 결핍을 채울 수 없다는 사실을 알 때 우리는 슬픔을 느낀다. 그런데 이 욕망의 좌절은 시간과 관계가 깊다. 아무리 결핍이 크고 그것을 채우고자 하는 욕망이 강하더라도 그 욕망을 영원히 연기할 수 있다면 우리는 슬픔을 느끼지 못하거나 최소한 견딜 수 있게 된다. 하지만 크로노스로 객관화된 자본주의적 시간은 이런 우리의 슬픔을 더욱 강화할 뿐이다. 무엇이든지 시간은 한정돼 있고 우리는 이 한정된 시간 안에서 고투하며 자신의 결핍을 깨달을 뿐이다. 이런 인간의 유한한 시간과 욕망의 문제를 SF의 고전이라 칭해지는 리들리 스콧 감독의 『블레이드 러너』가 잘 다루어주고 있다. 사랑 때문에 삶의 유한성을 깨달은 인조인간 리플리컨트들은 자신들에게 주어진 시간을 연장하기 위해 자신들의 창조주인 자본가를 찾지만 그것이 불가능하다는 것을 알고 폭력과 자기 파괴로 나아간다.

이렇듯 자본주의의 폭력성과 그것이 주는 우리의 삶의 슬픔은 모두 이 시간의 유한성 속에서 더욱 강화된다. 다음 시는 바로 이런 점을 아주 서정적으로 노래하고 있다.

일렁이는 물결에 여보, 라고 기대본 적이 있다
당신 물살과 눕고 싶었으나 연줄마냥 팽팽했다

당신의 등에 가닿으면 썰물은 저만치 달아났다
당신에게 등 돌려 누우면 밀물은 눈동자에 차기 시작했다

빗방울 흐르고 눈물방울 흘러 땀방울에 가뭇없고
쌓여가는 부채는 뱃살로 늘어가고 말들은 말라갔다

당신과 나 사이에는 물이랑 높은 파고가 몰아쳤다
궁싯거려도 달의 창백蒼白에 조금씩 허물어지기도 했다

손을 잡은 기억이 시계 속 모래처럼 빠져나갔다
검버섯은 눈가에서 자라나 온몸으로 가물거렸다

입었던 옷들을 버리지도 못하고 입지도 못하는 사이
먼 곳에서 오는 별빛처럼 눈 밑에 차곡차곡 쌓여서

잠자리에 같이 포개져도 가닿는 해안의 체위는 달랐다
빠져나간 온기의 말들이며 말하지 않아도 그 깊던 가물이며

내가 가질 수 있었던 너의 다정을 물밀 듯 다 흘려보내고

썰물 빠지는 저물녘 내가 지나온 길에 등을 대어본다

— 「가물」 전문

이 시에서 '당신'은 시인이 사랑했던 다른 모든 것들이기도
하다. 일렁이던 욕망의 시절에 모든 사랑했던 것들은 다 넉넉
한 습기와 윤기를 가지고 있었다. 때로 밀물처럼 높은 파고를
몰아치며 위험을 초래하기도 했지만 그것은 나의 존재를 가
능하게 했던 일렁이는 생명이었다. 하지만 모든 물들은 썰물
처럼 빠져나가고 시간은 우리에게 가물이라는 어둠을 선사
한다. 그리고 시인을 포함한 우리 모두는 이 유한한 시간의
강요를 거역할 수 없다. 욕망의 세찬 물살도 그것이 주는 충
만감과 긴장감도 모두 오직 시간 안에서만 유효하게 작동한
다. 이 시간을 의식하는 한 우리는 슬픔을 벗어날 수 없다. 시
인은 그 슬픔을 "썰물 빠지는 저물녘 내가 지나온 길에 등을
대어본다"라고 아주 서정적으로 표현하고 있다. 길에 등을 대
는 것은 눕는 것이고 그것은 내 욕망의 유한성을 깨닫고 내려
놓은 것이다. 시인은 이렇게 조용히 슬픔을 받아들이고 있다.

강이 흐르고 한낮이 흐른다

어느새 공단에서 나온 사내가 서 있고

야금야금 그림자 먹는 강변을 따라

햇살은 강 건너 강아지풀 앞에 몸을 숙이고

배 터진 소파를 삼키는 갈퀴덩굴로 더 집요하다

강안江岸에는 개구리와 배추흰나비와 개구리밥과 골풀

사마귀 달팽이 물방개 노란점나나니 호리병벌

그리고 애기부들과 개쑥과 조밥나물이 마구 뒤엉켜

바람의 길목마다 집을 짓는

가시엿낭거미의 오후가 푸짐하다

굴뚝 그림자가 오후의 그물을 걷어 올리고

송장메뚜기는 사내 키를 넘어 다니는데

막 부화한 날도래가 날개를 말리고

밤의 허기를 키우고 있다

─「오후 한 시」 전문

   오후 한 시는 가장 치열한 시간이다. 모든 것들이 정점에
서서 자신의 생명력을 과시하는 시간이다. 시인은 그것을 "오

후가 푸짐하다"고 표현하고 있다. 하지만 이 시에 등장하는 모든 자연물들의 왕성한 생명력도 인간이 만들어놓은 크로노스의 시간에서 자유롭지 못하다. 아니 시인의 눈에는 그렇게 보인다. 그 점은 이 시의 첫 연과 마지막 연에서 알 수 있다. 2연에서 등장한 모든 자연적 생명들은 1연에서 알 수 있듯 공단을 배경으로 하고 있다. 공단은 수치화된 객관적 시간이 지배하는 곳이다. 모든 시스템은 시간에 의해 제어되고 거기에서 일하는 사람들은 오직 노동 시간이라는 가격으로만 평가된다. 2연의 모든 자연물들은 이러한 시간에 저항하여 삶의 최정점을 만끽하지만 마지막 연에서 확인할 수 있듯이 모두는 밤이라는 또 다른 결핍의 시간을 위한 과정일 뿐이다. 수치화되어 분할되고 구획된 시간은 충만을 보장해주는 것이 아니라 우리로 하여금 결핍을 깨닫게 한다. 풍성함의 한때를 카이로스의 시간으로 즐기지 못하고 크로노스 속에 위치지음으로써 시간 속에서 채울 수 없는 욕망의 빈 구멍을 강조한다. 슬픔은 이렇게 발생한다. 이 시가 자연의 왕성한 생명력을 노래하고 있음에도 불구하고 슬픔과 권태가 지배하고 있는 이유는 바로 이 때문이다.

다음 시 역시 11월이라는 특정한 시간을 소재로 하고 있다.

어깨 기운 나무 전신주
가물거리다 흐릿하고 고요하다 깊어진다
햇살은 노드리듯 날비처럼 나리다
골짜기마다 고이고 고여서
날개를 접은 까마귀 하나 눈이 멀었다
이승의 반대쪽으로 기울어진 그림자
볕바른 도사리나 마른 삭정이처럼 오래
마르고 있다

이깔나무 해바른 등성이마다
털갈이하는 짐승의 숨소리 더 깊어지고
푸섶길마다 햇살은 실없이 건너뛴다
타버린 나무둥치 아래로
쑥부쟁이나 구절초 감국 뭐 이런 것들도
어서 추워져서 눈물을 말리고 싶다는 듯
시베리아 찬바람을 불러들인다

한 사내가 밀고 나갔다
난기류에 꺾이고 밀고 밀려서는
더 나아갈 수도 돌아갈 수도 없는 아홉사리재
배고픈 젖꼭지마냥 쪼글쪼글해지고

주름 깊은 아스팔트 위에 두 발이 푹푹 빠져
깃털 빠진 한생生을 토해내게도 하는 것이다
다른 생을 지나는
―「11월」 전문

11월은 아이러니한 시간이다. 겨울이면서 아직 겨울이 아니
며 한 세월의 끝이면서 아직 끝이 아닌 바로 그런 시간이다.
때문에 그 시간은 그 어떤 시간보다도 시간 그 자체를 생각
하게 만드는 시간이다. 우리의 모든 삶이 시간의 지배를 받고
있다는 사실을 의식하지 않을 수 없는 시간이 바로 11월이라
는 시간이다. 11월은 지난 한 해에 대한 회한과 다가올 계절
에 대한 두려움과 또 다른 시작에 대한 기대가 모두 함께 밀
려오는 때이기도 하다. 시인은 바로 이런 11월의 이미지를 아
주 잘 포착해내고 있다. 특히 "더 나아갈 수도 돌아갈 수도
없는 아홉사리재"라는 표현은 11월의 성격을 한마디로 아주
잘 말해주고 있다. 11월은 바로 이렇게 우리로 하여금 시간의
압박을 느끼게 하고 우리가 가진 생명의 시간이 한정되어 있
음을 깨닫게 해주는 때이다. 결국 우리에게 남겨진 것은 "배
고픈 젖꼭지마냥 쪼글쪼글해"진 삶의 결핍뿐이다. 시간을 인
식한다는 것은 결국 슬픔을 깨닫는 것이다.

3. 사랑과 시간

사랑은 크로노스의 시간을 카이로스의 시간으로 돌려놓는다. 내 삶이 다른 삶을 껴안으면서 내 삶에 드리워진 시간의 압박을 잊기 때문에 그것이 가능하다. 한승태 시인은 그 사랑의 시간을 다음과 같이 노래하고 있다.

나 너의 입속 깊숙이 새를 풀어주었으나
너는 신음 소리만 내었을 뿐 날아가지 않았다

나 너의 입속 깊숙이 뱀을 놓아주었으나
너는 신음 소리만 내었을 뿐 도망가지 않았다

저승에서 나온 날들이 지나갔다
하늘에서 떨어진 날들이 지나갔다

너는 내 어깨에 내려앉아 날개를 달아주었다
너는 그렇게 내 속에 들어와 심장을 물어뜯었다
— 「연인」 전문

사랑의 시간은 풀어준 새가 날아가지 않고 놓아준 뱀이 도 망가지 않는 시간이다. 아무런 강제도 억압도 존재하지 않지 만 갇혀 있기를 희망하는 자발적인 속박의 시간이다. 그 시간 은 어떤 절대적인 시간도 망각하는 그런 시간이다. 그것을 시 인은 "저승에서 나온 날들이 지나갔다/ 하늘에서 떨어진 날 들이 지나갔다"라고 표현한다. 저승과 하늘이라는 운명적인 시간마저 어쩔 수 없는 바로 그런 순수 주관적인 카이로스의 시간을 경험할 수 있는 것은 바로 이 사랑을 통해서이다. 그 렇다면 우리는 이 시간을 통해 시간이 우리에게 강제하는 결 핍과 슬픔을 벗어날 수 있을까? 다음 시가 그것에 대한 답을 말해준다.

그것은 거대한 감옥 또는 사원일 터이다

넝쿨나무 두 그루가
좌우에서 자라 올라가며 서로를 비끄러매듯
남자와 여자는 입맞춤을 하고 있다
흡사 그들은 두 나무의 뿌리 같다

그들 뒤로 벽돌이 촘촘히 쌓여진 건물은

한쪽 면만을 보여준다 그저 벽이다

그들이 앉은 돌 벤치는 차고 길다

마치 들어가 눕기에 좁지 않은 관처럼

남자의 서류 가방은 그들과 조금 떨어져 있고

한쪽이 위태로워 보인다 그 뒤로

격자무늬 쇠살문은 벽을 굳게 잠그고

뿜어져 나온 어둠은 정방형의 총안銃眼을

좌에서 우로 위에서 아래로

입 벌린 사랑처럼 줄줄이 뚫어놓았다

남자와 여자는 한때 너무 무성하여

벽을 다 덮고도 남았을 것이다

— 「연인 2」 전문

    시인은 거대한 감옥이나 사원을 덮고 있는 무성한 넝쿨나무의 뒤엉킴을 보고 사랑을 생각하거나 반대로 사랑하는 연인들의 포옹을 보고 감옥과 사원을 떠올리고 있다. 감옥이나 사원이나 모두 질서와 규칙과 그것이 강요하는 억압이 지배하는 곳이다. 앞서 지적했듯이 사랑은 자발적인 속박이므로 감옥이면서 사원이다. 그런데 이 시에서 중요한 것은 그러한 사랑의 무성함이 마지막 연에서 볼 수 있듯 "한때"였다는 점이다. 이 시의 대부분은 무성한 사랑이 가능하게 한 충만감과 생명력보다는 그 사랑의 배경이 되는 벽에 시선이 가 있다. 사랑은 벽을 만들 뿐이고 기껏 그 벽의 어둠을 넘어 세상을 보는 것은 "총안"일 뿐이다. 그것은 좁아서 편협하고 또 공격적인 것이다. 시인은 사랑을 말하고 있지만 그 사랑이 가져오는 폭력과 억압에 대한 염려가 앞서 있다. 왜 그럴까? 사랑마저 시간을 피할 수 없기 때문이다. 크로노스의 시간을 벗어나 카이로스의 시간을 경험하는 것이 사랑이지만 이마저 한때이기 때문이다. 결국 어떤 사랑도 이 시간의 압박을 벗어날 수 없다는 것을 시인은 너무도 잘 알고 있다.

이러한 시간의 압박 속에서 죽음만이 가장 확실하다.

성묘하고 둘러앉아 음복하고 밥을 먹는다
오지 못한 누님은 암으로 자궁을 들어냈다 하고
핏줄처럼 뻗어 나온 골짜기는 자궁을 닮았다
산자락 자락마다 묘지는 온전히 아늑하다
여기 들어와 일 년에 몇 번 망자와 밥을 나눈다
얼마만큼 세월 흘러야 마음의 봉분은 주저앉고

어머니가 잊히겠는가

코스모스 부딪히는 길을 돌아 나오니
죽음 외에는 변하지 않은 것이 없다
— 「경춘공원」 부분

　시간이 우리에게 강요하는 결핍을 벗어난 편안함을 시인
은 어머니 묘소에 와서 느낀다. 묘소가 위치한 공원묘원의 골
짜기에서 어머니의 자궁을 생각하면서 비로소 어머니의 부재
가 가져오는 결핍을 잊을 수 있다고 생각한다. "죽음 외에는
변하지 않는 것이 없다"는 말처럼 시간을 벗어나는 길은 오직
죽음뿐이다. 그것은 반대로 살아 있는 동안 우리가 시간을
벗어날 수 없다는 것을 말해주는 것이기도 하다.
　모멘토 모리, 죽음을 생각한다는 것은 시간을 잊거나 시간
을 주관적 시간으로 환원하여 영원한 안식을 찾는 것이 아니
다. 그것은 항상 시간의 끝을 의식하는 일이고 그때에서야 새
로운 시간을 맞이할 희망을 생각할 수 있게 되는 것이다. 다
음의 구절에서처럼 시인이 저녁이라는 시간을 사랑하는 이유
가 바로 여기에 있다.

바람 따라 나섰던 여주인도

시를 앞세우고 가자던 시인도

망각을 찾던 소설가도

긴한 일로 찾아왔던 나도

모두 잊고 그만

저녁과 사랑에 빠져버렸다

— 「봄은 먼 길로 돌아온다」 부분

4. 맺으며

우리는 항상 "시간이 된다면"이라고 가정한다. 어떤 시간
이 오거나 무엇을 할 시간이 가능하다면 지금의 결핍은 채워
질 것이라고 생각한다. 하지만 그 시간은 오지 않는다. 특히
우리가 사는 자본주의 사회는 이 연기된 시간을 통해 우리의
욕망을 끝없이 부추긴다. 언젠가 시간이 되면 내 욕망을 모
두 충족시키리라 믿게 만든다. 그래서 끝없이 돈을 벌어 끝없
이 소비하게 만든다. 하지만 우리는 그 안에서 채워지지 못하
는 결핍과 그 결핍마저 수치화된 시간으로 환원하는 권태만
을 느낄 뿐이다.

한승태 시인의 이번 시집은 바로 이 시간의 문제를 아주 서정적인 문체와 구체적이고 생생한 심상으로 우리에게 보여주고 있다. 시간이 된다면 우리는 모두 냇가에 나가 고기를 잡고 꽃을 꺾을 것이다. 그리고 아주 오래오래 사랑을 할 것이다. 하지만 그 시간은 연기되고 이 아름다운 서정의 시간마저 점점 지워지거나 잊혀지고 있다. 한승태 시인은 섬세한 필치로 이 사라지는 서정의 순간들을 노래해서 이것들마저 시간의 압박에 놓여 있음을 안타깝게 보여주고 있다. 시간이 된다면 그들의 힘을 우리는 다시 되살릴 수 있을까? 시를 통해서만 가능할 수 있음을 이 시집의 시들이 역설적으로 보여주고 있다. 끝

달아실어게인 시인선 02

바람분교

1판 1쇄 발행	2023년 4월 28일
지은이	한승태
발행인	윤미소
발행처	(주)달아실출판사
책임편집	박제영
디자인	전부다
법률자문	김용진, 이종진
주소	강원도 춘천시 춘천로 257, 2층
전화	033-241-7661
팩스	033-241-7662
이메일	dalasilmoongo@naver.com
출판등록	2016년 12월 30일 제494호

ⓒ 한승태, 2023
ISBN : 979-11-91668-72-8 03810